© 2025 Mehdi Goumri
Édition : BoD · Books on Demand,
31 avenue Saint-Rémy, 57600 Forbach,
bod@bod.fr
Impression : Libri Plureos GmbH,
Friedensallee 273, 22763 Hamburg
(Allemagne)
ISBN : 978-2-3224-7792-0
Dépôt légal : Septembre 2025

FSC
www.fsc.org
MIXTE
Papier issu
de sources
responsables
Paper from
responsible sources
FSC® C105338

Tous mes remerciements, spécialement à Rashid,

Chapitre 1 : Les racines d'une âme

La banlieue verte de la région parisienne, où Mehdi vit ses premières années, est un lieu où le béton côtoie la nature avec une étrange harmonie. Les immeubles massifs, vêtus de gris, sont bordés d'arbres centenaires qui semblent raconter une autre histoire, celle d'un temps où la terre n'était qu'un vaste champ de promesses. Mehdi, encore enfant, marche souvent dans ces rues avec l'impression d'être à la frontière de deux mondes.

Sa maison est un carrefour de cultures. Son père, ouvrier et fumeur invétéré, parle le berbère avec un accent chantant. Sa mère, discrète mais chaleureuse, lui chante parfois des berceuses venues du Rif, qu'il écoute distraitement, fasciné par la télévision ou ses jouets modernes. Mehdi comprend le berbère, mais ne le parle jamais. Dès ses premières années d'école, il préfère le français, langue des cahiers, des maîtres et des livres d'images. Il sent confusément que cette langue porte les clés d'un univers plus vaste.

L'enfant qu'il est déjà ne manque pas de caractère. Un jour, après avoir vu une publicité sur la déforestation, il s'approche de son père, les sourcils froncés :
« Papa, pourquoi tu fumes ? Tu détruis la forêt ! »
Son père rit d'un rire large, mais quelque chose dans l'intensité du regard de son fils l'ébranle. Mehdi ne lâche pas l'affaire. Il parle de la forêt comme d'un trésor sacré, et même si ses mots sont maladroits, ils contiennent une vérité qui dépasse son âge.

Ce premier éveil écologique n'est qu'un aperçu de sa sensibilité naissante. Mehdi regarde le monde avec un mélange de curiosité et de gravité. Il remarque des choses que les adultes semblent ignorer : les bancs publics délabrés, les oiseaux qui disparaissent peu à peu, ou les regards fatigués de ses voisins. À la maison, il est parfois solitaire, passant des heures à dessiner ou à assembler des maquettes, mais il cherche aussi des réponses. Les encyclopédies de la bibliothèque familiale deviennent ses premiers compagnons de réflexion.

Un jour, il tombe sur une page consacrée à la Tour Eiffel. Il est frappé par la beauté et la grandeur de cette structure, symbole d'une nation qu'il apprend à aimer. Une question le traverse :
« Pourquoi les hommes ne construisent-ils pas des choses aussi belles tout le temps ? »
Cette interrogation, simple en apparence, résonne en lui comme un appel. À cet instant, sans en avoir pleinement conscience, Mehdi commence à chercher ce qui rend le monde grand et digne d'admiration.

Mehdi est allongé dans son lit, écoutant les bruits de la ville à travers la fenêtre entrouverte. Dans l'obscurité, il murmure des pensées à mi-voix, comme s'il priait sans le savoir encore. Une étoile brille au loin, et, dans son cœur d'enfant, une promesse silencieuse se forme : celle de faire partie un jour de quelque chose de plus grand.

Chapitre 2 : Le rêve du cavalier

Les années de l'enfance laissèrent place à celles de l'école primaire, puis du collège, périodes où l'innocence cède lentement sous le poids de la réalité. Mehdi, toujours sérieux et curieux, se distinguait par sa soif d'apprendre. Il ne brillait pas par des résultats flamboyants, mais par une profondeur de réflexion qui étonnait ses enseignants. On voyait en lui un élève prometteur, parfois rêveur, mais toujours présent.

C'est durant ces années qu'il eut une révélation qui marqua un tournant. Une sortie scolaire organisée par son collège emmena sa classe à Paris, au cœur d'une ville qui, pour Mehdi, incarnait la grandeur et l'ambition. Il était déjà venu une ou deux fois avec sa famille, mais cette visite avait une signification particulière : les élèves allaient découvrir les écuries de la Garde républicaine.

Le matin de la sortie, un vent frais balayait la capitale, portant avec lui l'odeur du bitume et des marrons grillés. Mehdi, vêtu de son manteau d'hiver trop grand pour lui, descendit du bus scolaire en silence, les yeux rivés sur les bâtiments imposants qui entouraient le site.

Lorsqu'ils pénétrèrent dans l'enceinte des écuries, Mehdi fut frappé par un mélange d'odeurs qu'il ne connaissait pas : le cuir des selles, le foin fraîchement étalé, et une légère senteur de cheval qui flottait dans l'air. Puis il les vit. Les chevaux, majestueux, imposants, dont les sabots résonnaient sur les pavés avec une cadence qui semblait battre au rythme de l'histoire. Et les cavaliers, dans leur uniforme impeccable, droits comme des colonnes, portaient une allure qui força son admiration.

L'un des guides, un soldat à la voix grave et assurée, expliqua aux élèves l'histoire de la Garde républicaine. Mehdi écoutait chaque mot comme s'il découvrait un récit mythique. Ces hommes et ces femmes étaient bien plus que des cavaliers : ils représentaient l'honneur, la discipline, le service d'une nation. Dans leur posture, dans leurs gestes, Mehdi perçut une force qui transcendait leur simple humanité. C'était une image d'abnégation et de grandeur.

Alors que ses camarades bavardaient ou prenaient des photos, Mehdi se tint immobile devant un cheval brun, dont les yeux profonds semblaient le scruter. Une idée germa en lui, d'abord floue, puis de plus en plus claire : il voulait, lui aussi, appartenir à quelque chose de grand. Cette révélation, bien qu'informulée, alluma une flamme dans son jeune cœur.

« Être utile », pensa-t-il, comme s'il découvrait pour la première fois le sens de sa propre existence. Cette idée s'enrichit en silence, alors qu'ils quittaient les lieux en fin de journée. Le trajet du retour fut pour Mehdi un moment de contemplation. Les lumières de Paris défilaient par la fenêtre du bus, mais son esprit voyageait bien plus loin. Il imaginait déjà un avenir où il servirait son pays, un avenir où son nom serait prononcé avec respect.

Dans les jours qui suivirent, cette vision devint un véritable rêve : celui de devenir un jour président de la République. Ce rêve, né dans l'innocence d'un jeune garçon, n'était pas motivé par l'ambition personnelle, mais par une volonté sincère de faire le bien, de protéger et d'élever les autres. Mehdi ne partagea cette aspiration avec personne. Il la garda en lui, comme un trésor qu'il devait protéger jusqu'à ce qu'il soit prêt à le dévoiler.

Mehdi, seul dans sa chambre, griffonne maladroitement un dessin : celui d'un chevalier en armure, portant un drapeau sur lequel est inscrit le mot « justice ». Les traits sont hésitants, mais la conviction, elle, est profonde. Ce dessin, glissé dans un cahier, restera longtemps une trace de cette journée fondatrice.

Chapitre 3 : L'amour de la vérité

Le temps passa, mais le rêve de Mehdi, désormais enfoui dans les replis de son esprit, ne cessa de le guider en silence. Au lycée, il se distinguait par une curiosité insatiable. Ses professeurs voyaient en lui un élève sérieux, mais quelque peu atypique : Mehdi posait des questions qui déroutaient, creusant toujours plus loin que le programme ne l'exigeait. Il ne cherchait pas seulement à comprendre, mais à discerner ce qui était juste, ce qui était vrai.

L'amour de la vérité était pour lui comme une étoile polaire. Cette quête prit plusieurs formes : dans ses lectures, il dévorait les grands penseurs, des philosophes des Lumières aux écrivains contemporains, cherchant à relier leurs idées à ce qu'il voyait du monde. Dans ses discussions, il s'opposait souvent à ses camarades, non par esprit de contradiction, mais parce qu'il ne supportait pas les demi-vérités ou les raisonnements paresseux.

Un événement marqua cette période. C'était lors d'un cours d'histoire, où le professeur abordait les idéaux de liberté et d'égalité issus de la Révolution française. L'enseignant expliquait avec passion que ces principes avaient changé le monde, mais Mehdi, levant timidement la main, posa une question qui fit sourire certains élèves et froncer les sourcils du professeur.

« Mais, Monsieur, si tout le monde est vraiment égal, pourquoi y a-t-il encore des injustices aujourd'hui ? Est-ce que cela veut dire qu'on ne les applique pas, ou que ces principes ne suffisent pas ? »

Le professeur resta silencieux un instant, comme pris au dépourvu par la simplicité de la question. Puis il répondit avec pédagogie, mais sans réellement apaiser les interrogations de Mehdi. Ce dernier, à la sortie du cours, continua à réfléchir. L'égalité, la liberté, la justice : des mots si grands, mais si souvent vidés de leur sens.

C'est à cette époque qu'il fit une découverte qui le bouleversa profondément. Lors d'une après-midi ensoleillée, alors qu'il arpentait les rayonnages de la petite bibliothèque municipale de son quartier, il tomba sur un livre aux pages jaunies : Lettres aux générations futures. Ce recueil de réflexions anonymes, rédigé par des hommes et des femmes de diverses époques, parlait d'amour, de vérité, de responsabilité. L'un des passages en particulier le toucha :

> « La vérité n'est pas un confort, elle est une épreuve. Celui qui la cherche doit être prêt à renoncer à ses illusions, à ses certitudes, parfois même à ses rêves. Mais en elle réside la seule lumière qui puisse guider nos pas. »

Ces mots résonnèrent en lui comme un écho à ses propres pensées. Mehdi réalisa que la vérité, bien qu'essentielle, n'était pas toujours facile à accueillir. Pourtant, il était prêt à l'accepter, même si cela signifiait remettre en question ce qu'il croyait savoir.

Cette quête commença à influencer sa vie quotidienne. Lorsqu'un ami trichait lors d'un contrôle, Mehdi, mal à l'aise, choisissait de ne pas couvrir son mensonge. Lorsqu'un débat éclatait à la maison entre son père et sa mère, il tentait, du mieux qu'il pouvait, d'apaiser les tensions en rappelant les faits avec justesse, même si cela ne plaisait pas toujours.

Pourtant, cette quête avait un coût. Ses camarades le trouvaient parfois trop sérieux, presque rigide. Mehdi, lui, ne se voyait pas ainsi : il pensait simplement qu'il était de son devoir de chercher ce qui était juste, même si cela le mettait à l'écart. Il sentait parfois une solitude peser sur ses épaules, mais il ne s'en plaignait pas. Il savait que la vérité avait un prix.

Assis dans le petit parc près de chez lui, au crépuscule, le vent caresse doucement les feuilles des arbres, et le jeune homme, perdu dans ses pensées, tient dans ses mains une carte postale trouvée par hasard dans un livre de la bibliothèque. Sur cette carte, une simple phrase, écrite d'une écriture élégante, semble lui parler directement :

> « La vérité, Mehdi, est un don. Ce n'est pas à toi de la posséder, mais de la partager. »

Chapitre 4 : La sortie à cheval

Le printemps était revenu, et avec lui, un vent de renouveau soufflait sur le lycée. Les professeurs, désireux de rompre la monotonie des cours en classe, organisèrent une sortie scolaire à Paris. Mehdi, comme la plupart des élèves, accueillit cette annonce avec enthousiasme. Le programme comprenait plusieurs visites : des musées, des lieux historiques et, en guise de clou du spectacle, une démonstration de la Garde républicaine à cheval.

Mehdi n'était pas particulièrement passionné par les chevaux. Pour lui, cette visite n'était qu'une étape parmi d'autres. Pourtant, dès son arrivée aux écuries, quelque chose changea. Le parfum du foin, le son des sabots résonnant sur le pavé, la majesté des chevaux au repos : tout cela éveilla en lui un sentiment qu'il n'avait jamais connu. Il sentit, sans en comprendre la raison, que ce moment serait important.

La démonstration débuta. Les cavaliers, en uniforme impeccable, manœuvraient avec une précision militaire. Les chevaux, disciplinés et puissants, semblaient danser sous les ordres de leurs cavaliers. Les spectateurs étaient captivés, mais pour Mehdi, l'émotion allait au-delà de l'admiration. Quelque chose dans cette harmonie entre l'homme et l'animal, dans cette discipline mêlée à une forme de liberté, éveillait en lui une vision.

Lorsque le commandant de la Garde prit la parole pour expliquer l'histoire de cette institution, Mehdi écouta attentivement. Il apprit que la Garde républicaine, héritière d'une tradition vieille de plusieurs siècles, symbolisait l'ordre et la protection de la République. Ces mots résonnèrent profondément en lui. L'idée de servir un idéal plus grand que soi, d'incarner une certaine noblesse, venait d'allumer une flamme en lui.

Après la démonstration, les élèves eurent la chance de s'approcher des chevaux. Mehdi, d'ordinaire discret dans ces situations, n'hésita pas à poser des questions au cavalier qui tenait les rênes d'un grand étalon noir.

« Monsieur, est-ce que vous avez toujours su que vous vouliez devenir cavalier dans la Garde ? »

Le cavalier sourit, visiblement amusé par la sincérité de cette question.

« Pas du tout, jeune homme. Je voulais être architecte, au départ. Mais la vie m'a conduit ici, et je n'ai jamais regretté. Parfois, ce n'est pas nous qui choisissons notre voie, mais elle qui nous choisit. »

Ces mots frappèrent Mehdi. En quittant les écuries, il ne pouvait s'empêcher de repenser à cette idée : une vocation qui nous appelle, même si nous ne l'attendions pas.

Le retour en bus fut animé par les discussions des élèves, mais Mehdi restait pensif, regardant les paysages défiler à travers la vitre. Il se remémorait chaque détail de la journée : la discipline des cavaliers, la force tranquille des chevaux, l'héritage républicain incarné par cette institution. Une idée germait dans son esprit, encore floue, mais de plus en plus vivace : il voulait, lui aussi, servir une cause noble. Mais laquelle ?

À mesure que la nuit tombait, une évidence s'imposa à lui. La République, cette entité qu'il avait jusque-là perçue comme une abstraction, prenait pour la première fois un visage. C'était un idéal à protéger, à défendre. Et si, lui aussi, pouvait contribuer à cette mission ? Et si, un jour, il devenait président de cette République ?

Ce rêve, encore balbutiant, semblait fou. Mais Mehdi ne cherchait pas à l'écarter. Pour la première fois, il se surprit à sourire devant l'immensité de son ambition.

Mehdi, retourné chez lui, s'installe à son bureau et écrit dans un carnet qu'il gardait précieusement :

> « Aujourd'hui, j'ai vu l'ordre et la grandeur. Je ne sais pas encore comment, mais je veux être digne de cet idéal. »

Chapitre 5 : L'éveil d'une vocation

Les jours suivants, Mehdi ne pouvait chasser de son esprit l'image des cavaliers de la Garde républicaine. Quelque chose, qu'il ne parvenait pas encore à nommer, avait changé en lui. Son esprit, d'ordinaire absorbé par les leçons et les plaisirs quotidiens, était maintenant hanté par une question : que signifie réellement servir ? Ce mot, si souvent galvaudé, prenait pour lui une dimension nouvelle. Il se mit à observer le monde avec des yeux différents.

À l'école, il devint plus attentif à ce qui l'entourait. Les cours d'histoire, autrefois des récitations abstraites, prirent un relief particulier. Il se plongea avec passion dans l'étude de la Révolution française, des idéaux de liberté, d'égalité et de fraternité, et des hommes qui avaient marqué cette époque. Mehdi ressentait une profonde admiration pour ceux qui avaient risqué leur vie pour changer le destin d'un peuple. Il voyait dans leurs actes une forme de don, une abnégation qui résonnait avec l'émotion qu'il avait ressentie face à la Garde républicaine.

Mais ce n'était pas qu'une question d'histoire ou de théorie. Mehdi cherchait des moyens concrets de comprendre le monde et de s'y engager. C'est ainsi qu'il se rapprocha de son professeur principal, Mme Barrot, une femme à l'enthousiasme communicatif. Il lui posa une question qui reflétait toute l'intensité de ses réflexions :

« Madame, pensez-vous qu'un homme ordinaire puisse changer le cours de l'histoire ? »

Mme Barrot sourit, surprise par la profondeur de cette question venant d'un adolescent.

« Mehdi, tout dépend de ce que vous appelez un homme ordinaire. Les grands hommes de l'histoire étaient, pour la plupart, des gens comme vous et moi. Ce qui les distingue, c'est leur capacité à croire en leurs idées et à agir en conséquence. Mais cela demande du courage, de la persévérance, et souvent des sacrifices. »

Ces mots laissèrent Mehdi pensif. Il se demanda s'il avait, en lui, ce courage et cette force de caractère. Pourtant, au fond de lui, une voix semblait murmurer qu'il en était capable.

Un soir, alors que sa famille était réunie autour du dîner, Mehdi fit preuve d'un comportement inhabituel. Il, qui d'ordinaire écoutait les conversations en silence, intervint avec ferveur dans un débat que menaient son père et son oncle sur la politique et l'écologie. Ce dernier, fumant sa cigarette, minimisait l'importance des actions individuelles dans la protection de l'environnement.

« Qu'est-ce que tu veux qu'un homme seul fasse contre la pollution mondiale ? » lança-t-il en riant.

Mehdi, le visage grave, répondit avec une assurance surprenante :

« Un homme seul ne peut pas tout changer, c'est vrai. Mais s'il inspire d'autres à agir, alors il peut créer un mouvement. Regardez Gandhi, regardez Martin Luther King… ou même des gens comme Coluche, qui ont mobilisé des millions de personnes. Ce n'est pas parce que c'est difficile que c'est impossible. »

Sa famille le regarda, à la fois étonnée et amusée. Son père, en particulier, semblait intrigué. Ce n'était pas la première fois que Mehdi exprimait des idées fortes, mais jamais avec autant de conviction. Cette discussion marqua un tournant dans leur perception de lui.

Peu de temps après, Mehdi se rendit à la bibliothèque de son quartier. Il chercha des livres sur la philosophie politique, la sociologie et les grands mouvements historiques. Parmi eux, un ouvrage attira son attention : Le contrat social de Rousseau. Ce livre, qu'il lut d'une traite, lui ouvrit les yeux sur des concepts qu'il ne maîtrisait pas encore : le rôle du citoyen, la souveraineté populaire, et surtout, la notion d'engagement.

Il comprit que pour servir un idéal, il ne suffisait pas de rêver. Il fallait s'armer de connaissances, comprendre les mécanismes du pouvoir et les dynamiques sociales. Plus il lisait, plus il se sentait à la fois humble et exalté. Le chemin serait long, mais il était prêt à l'emprunter.

Mehdi pose les premières pierres de ce qui deviendra son ambition de toute une vie. Il ne savait pas encore comment, mais il avait l'intime conviction qu'il contribuerait, un jour, à changer le monde.

Chapitre 6 : Le premier combat

Mehdi, désormais habité par une ferveur nouvelle, se décida à agir, même à petite échelle. Il comprenait que les grands changements naissent souvent de petits gestes, mais il avait besoin d'une cause, d'un terrain où prouver que ses convictions n'étaient pas de simples pensées adolescentes. Ce terrain se présenta à lui sous une forme inattendue : la lutte contre le tabagisme, incarnée par son père.

Depuis son plus jeune âge, Mehdi avait toujours ressenti une aversion pour la fumée de cigarette. En grandissant, il prit conscience des dangers qu'elle représentait, non seulement pour la santé, mais aussi pour l'environnement. Chaque mégot abandonné dans la nature lui apparaissait comme une attaque directe contre cette planète qu'il voulait protéger. Mais plus encore, la santé de son père, qu'il voyait tous les jours avec une cigarette à la main, devint une préoccupation majeure.

Un soir, lors d'un repas en famille, Mehdi aborda le sujet avec une audace qui surprit tout le monde.

« Papa, pourquoi tu fumes encore ? Tu sais que ça te détruit, non ? »

Son père, habitué aux remarques des adultes mais pas à celles de son fils, haussa un sourcil.

« C'est une vieille habitude, Mehdi. Et puis, chacun a ses vices, non ? » répondit-il avec un sourire désinvolte.

Mais Mehdi n'était pas prêt à laisser tomber.

« Tu dis ça comme si c'était normal, mais ce n'est pas juste pour toi. Tu sais combien ça pollue aussi ? Chaque cigarette, c'est pas seulement ta santé, mais aussi celle de ceux qui t'entourent, et ça finit par abîmer la planète. »

Le ton direct de Mehdi fit taire les discussions autour de la table. Même son oncle, d'ordinaire prompt à rire, sembla surpris par le sérieux du garçon. Son père, lui, se contenta de hausser les épaules, visiblement gêné.

Mehdi comprit que les mots seuls ne suffiraient pas. Il décida donc d'agir autrement. Il se rendit à l'école avec l'idée d'organiser une campagne de sensibilisation. Aidé par Mme Barrot, son professeur principal, il proposa de créer des affiches dénonçant les méfaits du tabac, non seulement pour la santé, mais aussi pour l'environnement.

Les affiches furent un succès. Elles montraient, d'un côté, les ravages du tabac sur le corps humain, et de l'autre, des photos saisissantes de plages jonchées de mégots et de forêts brûlées. Les élèves furent touchés, certains confiant même à Mehdi qu'ils parleraient de cela à leurs propres parents.

Cependant, le combat ne se limita pas à l'école. Mehdi décida de s'attaquer directement à son père. Un jour, il glissa dans sa poche un petit mot accompagné d'une image de poumons noirs :

« Papa, je veux que tu sois là pour me voir grandir. Pense à arrêter. Pas pour moi, mais pour toi. »

Ces mots simples, mais chargés d'amour, firent plus d'effet qu'il ne l'avait imaginé. Son père, touché, commença à réfléchir sérieusement à ses habitudes. Peu à peu, il réduisit sa consommation, non sans mal, mais avec la volonté d'honorer la détermination de son fils.

Ce premier combat, bien qu'il ne fût pas encore totalement gagné, marqua Mehdi profondément. Il comprit que changer le monde, même à petite échelle, nécessitait à la fois de la patience et une foi inébranlable en ses convictions.

Chapitre 7 : L'éveil de la justice

Mehdi, porté par son succès naissant dans la lutte contre le tabac, développa un sens aigu de la justice. Chaque acte d'injustice qu'il voyait, aussi anodin fût-il, résonnait en lui comme un appel à l'action. Sa vision du monde, encore candide mais imprégnée d'une aspiration à la vérité, s'affinait à chaque rencontre, chaque expérience.

Le tournant de cette nouvelle quête arriva un jour où Mehdi, désormais collégien, vit un de ses camarades, Julien, se faire humilier par un groupe d'élèves plus âgés. Julien, timide et frêle, avait été contraint de leur donner son argent de poche sous la menace. Mehdi, bien qu'impressionné par la taille et l'arrogance des intimidateurs, sentit monter en lui une indignation qu'il ne pouvait réprimer.

Après les cours, il trouva Julien, seul, assis sur un banc. Le garçon tenait dans ses mains son portefeuille vide, le regard perdu.

« Pourquoi tu les laisses faire ? » demanda Mehdi.

Julien haussa les épaules, l'air résigné. « Ils sont plus forts. Et personne ne peut rien contre eux. »

Ces mots allumèrent une flamme dans le cœur de Mehdi. Il ne pouvait pas accepter cette fatalité.

Le lendemain, Mehdi passa à l'action. Il observa les agresseurs, étudiant leurs habitudes, leurs points faibles. Il savait qu'un affrontement direct serait inutile, mais il avait une autre idée. En secret, il rédigea une lettre à la principale du collège, relatant les faits avec précision. Mais il ne s'arrêta pas là. Il ajouta des témoignages recueillis auprès d'autres élèves et des détails sur les lieux où les intimidations avaient lieu.

Lorsque la lettre fut envoyée, l'attente devint insoutenable. Mehdi savait qu'il risquait d'être découvert, mais il était prêt à assumer. Quelques jours plus tard, la nouvelle se répandit dans le collège : les agresseurs avaient été convoqués, leurs actes dénoncés. Julien, quant à lui, retrouva son argent et un semblant de dignité.

Cependant, tout ne se déroula pas sans conséquences. Les intimidateurs, furieux, cherchèrent à savoir qui les avait dénoncés. Mehdi, bien qu'inquiet, refusa de se cacher. Lorsqu'ils finirent par le confronter, il leur fit face avec une calme détermination.

« Ce que vous faites, c'est mal. Et tôt ou tard, ça vous retombera dessus. Je ne vous crains pas. »

Son courage impressionna même ses opposants, qui finirent par reculer, non sans murmurer des menaces. Mehdi avait compris que la peur était une arme puissante, mais que la justice, lorsqu'elle était portée par une conviction sincère, pouvait désarmer les plus féroces.

Voici qui marque une étape cruciale dans le parcours de Mehdi. Il apprend que défendre les autres demande non seulement du courage, mais aussi une stratégie et une foi inébranlable en ses principes. Cet épisode renforce son idéal de vérité et de justice, qui deviendront les piliers de son engagement futur.

Chapitre 8 : La lumière et l'ombre

Malgré son jeune âge, Mehdi commençait à comprendre que tout acte de justice s'accompagnait de conséquences. L'épisode avec Julien avait renforcé sa détermination, mais il en portait également les cicatrices. Les intimidateurs, bien qu'écartés par les autorités scolaires, restaient une menace silencieuse, et Julien s'éloigna de Mehdi, comme s'il portait la crainte d'être à nouveau pris pour cible à cause de leur association.

Dans cette période de solitude, Mehdi trouva refuge dans les livres. Sa curiosité le poussa à explorer des récits sur les grandes figures historiques, celles qui avaient défié les oppresseurs et changé le cours de l'Histoire. Il dévora des ouvrages sur Gandhi, Martin Luther King et surtout Mouhammed, fascinés par leur capacité à transformer l'indignation en force motrice ou à incarner l'intégrité même. Ces lectures éveillèrent en lui une conscience nouvelle : la justice n'était pas seulement une question d'actions immédiates, mais aussi de compréhension profonde des luttes sociales et humaines.

Une œuvre en particulier le bouleversa : Les Misérables de Victor Hugo. La vie de Jean Valjean résonna en lui comme un écho lointain, un appel à voir au-delà des apparences et à considérer la souffrance cachée derrière chaque visage. Il pleura en lisant la misère de Fantine et s'indigna face à l'injustice subie par Cosette.

Un soir, alors qu'il s'enfonçait dans les méandres des pages d'Hugo, son père entra dans sa chambre. L'homme, dont Mehdi observait avec attention chaque geste, semblait particulièrement soucieux ce jour-là.

« Qu'est-ce que tu lis ? » demanda-t-il, en posant les yeux sur le livre.

« C'est un roman qui parle de justice, de misère, et d'humanité. »

Son père resta silencieux un instant, comme s'il pesait ses mots. « Tu sais, la justice, c'est une belle idée. Mais elle n'est jamais simple. Il y a toujours deux côtés à chaque histoire, Mehdi. Tu ferais bien de te souvenir de ça. »

Ces paroles troublèrent Mehdi. Était-il possible qu'il ait négligé une partie de la vérité dans son combat contre les intimidateurs ? Aurait-il pu régler les choses différemment, sans dénonciation ?

La vie, cependant, se chargea rapidement de lui rappeler que les choix, aussi bien intentionnés soient-ils, portent en eux une part d'ombre. Peu de temps après l'incident avec Julien, Mehdi apprit que l'un des intimidateurs, exclu temporairement du collège, vivait dans une situation familiale désastreuse. Ses parents, absents et indifférents, laissaient le garçon livrer ses frustrations au hasard de ses relations et de ses actions.

Cette découverte bouleversa Mehdi. Il se mit à observer le monde avec un regard neuf, plus nuancé. La justice ne pouvait être réduite à une opposition simpliste entre le bien et le mal. Chaque geste, chaque choix devait être pesé, considéré dans son contexte humain.

Cette période devint une étape clé dans la maturation de Mehdi. Il comprit que la lumière et l'ombre coexistaient dans chaque être humain, et que son rôle, s'il voulait être juste, serait de chercher la lumière chez ceux que le monde avait plongés dans l'obscurité.

Ainsi, armé de sa passion pour la lecture et de son envie inébranlable de comprendre, Mehdi se prépara à affronter des défis plus grands, des dilemmes plus complexes. Le jeune garçon qu'il était devenait peu à peu un homme, forgé par ses erreurs et illuminé par ses aspirations.

Chapitre 9 : La découverte du rêve

Le printemps était arrivé, et avec lui, une effervescence qui semblait envahir le collège. Les professeurs parlaient d'une sortie scolaire prévue pour les élèves de troisième, une visite à Paris. La rumeur circulait qu'ils assisteraient à une cérémonie de la Garde républicaine, un événement exceptionnel. Pour Mehdi, cette perspective réveillait une excitation particulière.

Depuis toujours, Paris représentait un mélange de grandeur et de mystère, une ville où tout semblait possible. Mais cette fois, ce n'était pas la Tour Eiffel ou les Champs-Élysées qui attisaient son intérêt : c'était l'idée de voir ces chevaux majestueux, ces uniformes impeccables, et cette discipline presque théâtrale.

Le jour tant attendu arriva. Les élèves montèrent dans un car tôt le matin, leurs voix mêlées de rires et de conversations. Mehdi, quant à lui, resta silencieux, contemplant les paysages qui défilaient. Il ressentait une curiosité intense, un pressentiment que cette journée allait marquer un tournant.

À leur arrivée à Paris, la ville brillait sous un soleil éclatant. La cérémonie se déroulait dans une cour pavée entourée d'arcades imposantes. Mehdi sentit son souffle se couper lorsqu'il vit les chevaux entrer en cadence, leurs sabots frappant le sol avec une synchronisation parfaite.

La Garde républicaine, en uniformes d'apparat, exécutait des mouvements d'une précision presque irréelle. Les fanfares résonnaient dans l'air, emplissant l'espace d'une gravité solennelle.

Mais ce fut un moment particulier qui saisit Mehdi au cœur. Alors qu'un des gardes descendait de son cheval pour saluer un haut fonctionnaire présent, Mehdi fixa son regard sur cet homme en uniforme. Quelque chose dans son port de tête, dans sa façon de saluer, incarnait une idée qui transcendait la simple fonction militaire.

Ce garde représentait l'ordre, la justice, et une forme d'idéal qui jusque-là n'avait pas de nom dans l'esprit de Mehdi. Ce fut comme une révélation. Il se surprit à murmurer pour lui-même :
« Moi aussi, un jour, je servirai ce pays. »

Cette pensée, d'abord vague et intuitive, grandit en lui tout au long de la journée. Alors qu'ils visitaient d'autres monuments parisiens, Mehdi se surprit à imaginer les institutions qui faisaient vivre cette ville, ces bâtiments où se prenaient des décisions majeures pour des millions de citoyens. L'idée de servir une cause plus grande que lui-même commença à prendre racine dans son esprit.

De retour à la maison, il partagea son expérience avec son père. Celui-ci, d'abord amusé par l'enthousiasme débordant de son fils, se fit plus sérieux en l'entendant parler de son envie de s'engager pour son pays.

« Tu sais, Mehdi, servir, ce n'est pas seulement porter un uniforme ou travailler dans un grand bâtiment. C'est une responsabilité, et elle commence par de petites choses. Si tu veux vraiment servir, commence par comprendre les gens, leurs besoins, leurs souffrances. Le reste viendra. »

Ces paroles résonnèrent longtemps en lui. La fascination pour la Garde républicaine ne disparut pas, mais elle devint un symbole plus large : celui du service, de l'engagement, et de la quête d'un idéal.

Ce jour-là, sans le savoir, Mehdi avait découvert son rêve. Devenir président de la République n'était pas encore une ambition claire dans son esprit, mais l'idée de représenter une nation, de la guider vers une justice plus noble, s'installait doucement, comme une flamme fragile.

À partir de ce moment, tout ce qu'il fit prit une signification nouvelle. Chaque livre qu'il lisait, chaque question qu'il posait, chaque injustice qu'il observait, tout cela alimentait un désir profond de comprendre et d'agir.

Chapitre 10 : L'éveil de la conscience politique

Mehdi n'était pas encore un adolescent comme les autres, mais il commençait à s'en approcher. À chaque discussion à table, aux côtés de son père et de sa mère, il portait désormais une attention plus vive aux sujets politiques. Les débats familiaux, qui autrefois l'ennuyaient ou lui échappaient, devinrent un terrain fertile où germait sa réflexion naissante.

Son père, fervent défenseur des valeurs écologiques, ne manquait jamais une occasion de critiquer les politiques qu'il jugeait irresponsables envers la nature. Sa mère, plus réservée, exprimait une sagesse pragmatique en parlant des réalités sociales : les salaires insuffisants, les inégalités croissantes. Mehdi écoutait avec avidité, prenant mentalement des notes, connectant leurs paroles aux enseignements reçus à l'école ou à ce qu'il avait vu à Paris.

Un jour, en cours d'histoire-géographie, le professeur aborda les institutions de la République française. Mehdi, attentif, sentit son esprit s'éclaircir sur la structure politique du pays : l'Assemblée nationale, le Sénat, le rôle du président. À mesure que le cours avançait, il imaginait ces fonctions non pas comme des titres ou des privilèges, mais comme des outils de changement, des moyens pour transformer une vision en réalité.

À la pause, il approcha le professeur et lui posa une question qu'il avait méditée pendant toute l'heure :

« Monsieur, est-ce que vous pensez que quelqu'un de notre époque pourrait être un grand homme comme ceux qu'on étudie dans les livres d'histoire ? »

Le professeur, surpris par l'intensité de la question, répondit après un instant de réflexion :
« Un grand homme ou une grande femme, Mehdi, ce n'est pas quelqu'un qui naît exceptionnel. C'est quelqu'un qui, à un moment donné, trouve le courage de répondre aux besoins de son époque. »

Ces paroles restèrent gravées dans l'esprit de Mehdi. Il commença à lire davantage : des biographies de figures politiques, des essais sur l'écologie, des articles sur les réformes éducatives. Ses lectures lui donnaient une perspective plus large, mais elles lui apportaient aussi des frustrations. Pourquoi y avait-il autant d'injustice ? Pourquoi certains dirigeants semblaient-ils privilégier leurs intérêts personnels plutôt que le bien commun ?

L'élection présidentielle approchait, et l'école organisait une simulation où chaque élève devait incarner un candidat ou un membre d'un parti. Mehdi se porta volontaire pour représenter les écologistes. Son discours, écrit avec soin, était simple mais poignant :
« Nous vivons dans un monde où les arbres disparaissent et où les océans se remplissent de plastique. Si nous ne faisons rien aujourd'hui, que restera-t-il pour demain ? »

Ce fut une victoire écrasante. Non pas parce qu'il avait le charisme des grands orateurs, mais parce que sa sincérité touchait profondément ses camarades. Pour la première fois, Mehdi ressentit la force d'une conviction partagée.

À la maison, il annonça fièrement son succès à son père, qui l'accueillit avec un sourire à peine dissimulé.
« Voilà, tu vois, tu commences à comprendre. Mais n'oublie pas, Mehdi : parler, c'est bien. Agir, c'est mieux. »

Cette phrase, anodine en apparence, sema en Mehdi une réflexion plus profonde. Parler d'écologie, défendre des idées, c'était un début. Mais que pouvait-il faire concrètement pour changer les choses autour de lui ?

Il trouva une réponse partielle en rejoignant une association locale de jeunes pour l'environnement. Chaque samedi, il participait à des actions de sensibilisation dans son quartier : nettoyer les parcs, distribuer des brochures, discuter avec les passants. Ce n'étaient pas de grandes révolutions, mais pour Mehdi, c'était un premier pas, une mise en pratique de ses convictions.

Peu à peu, il commença à voir le monde sous un nouvel angle. Chaque problème semblait interconnecté : l'écologie, la justice sociale, l'éducation, la politique internationale. Et au cœur de tout cela, il y avait une question fondamentale : comment trouver l'équilibre entre le progrès et le respect de la nature et des hommes ?

Un soir, alors qu'il feuilletait un livre sur les grands discours politiques, une idée s'imposa à lui avec une clarté presque effrayante :
« Et si je pouvais, un jour, être celui qui fait la différence ? »

Ce rêve, encore flou, commençait à prendre forme. Il ne s'agissait plus seulement de servir, mais de diriger. Pas par ambition personnelle, mais parce qu'il croyait qu'un dirigeant devait incarner les aspirations les plus nobles de son peuple.

Chapitre 11 : La vérité en héritage

À mesure que les années passaient, Mehdi grandissait en sagesse, mais aussi en complexité. Les certitudes qu'il avait acquises dans son enfance se heurtaient désormais à un monde plus nuancé, parfois plus cruel. Ce fut à travers cette quête intérieure que la vérité devint pour lui une compagne incontournable, une lumière qu'il refusait de compromettre.

Cette quête débuta un après-midi d'automne, alors qu'il rangeait le grenier de la maison familiale. Ses mains fouillaient dans des cartons poussiéreux lorsqu'il tomba sur une boîte en bois, ornée de motifs berbères. À l'intérieur, il trouva un vieux journal intime, jauni par le temps. C'était celui de son grand-père, un homme qu'il n'avait jamais connu mais dont les récits avaient bercé son enfance.

En ouvrant la première page, il lut ces mots :
« Le mensonge est facile, Mehdi. Mais il est aussi la chaîne la plus lourde qu'un homme puisse porter. Cherche toujours la vérité, même quand elle te blesse, car elle est le seul véritable héritage que nous laissons derrière nous. »

Ces phrases résonnèrent en lui comme une injonction. Chaque soir, après ses devoirs, il se plongeait dans les pages du journal. Il découvrait la vie de son grand-père, un homme simple mais intègre, qui avait quitté son village au Maroc pour chercher une vie meilleure en France. Il y trouvait des récits de lutte, d'humilité, mais surtout une philosophie : celle d'un homme qui refusait de se corrompre, même dans les moments les plus difficiles.

Inspiré par cet exemple, Mehdi se mit à appliquer cette exigence de vérité dans sa propre vie. Cela commença par de petits gestes : admettre ses erreurs en classe, refuser de tricher lors d'un contrôle, ou encore défendre un camarade injustement accusé d'un acte qu'il n'avait pas commis. Ces actes, bien que modestes, renforçaient sa conviction que la vérité était une force, même lorsqu'elle semblait fragile face au mensonge.

Cependant, il apprit aussi que la vérité avait un prix. Lors d'un débat scolaire sur les inégalités sociales, Mehdi exprima ses opinions avec ferveur, dénonçant ce qu'il percevait comme une hypocrisie dans les politiques locales. Bien que ses arguments fussent justes, ils furent mal reçus par certains enseignants, qui lui reprochèrent son manque de respect pour l'autorité.

« Tu veux trop changer le monde, Mehdi, » lui dit un professeur avec un soupir. « Mais tu dois comprendre qu'il y a des choses qu'on ne peut pas dire, même si elles sont vraies. »

Mehdi, pourtant respectueux, refusa cette idée. Pour lui, la vérité ne devait pas être enfermée dans le silence, même si elle dérangeait.

Un tournant décisif survint lors d'une sortie scolaire à l'Assemblée nationale. Les élèves eurent l'occasion d'assister à un débat entre députés. Mehdi, fasciné, observa ces figures politiques échanger des arguments avec vigueur. Mais ce qui le troubla, c'était de constater que certains semblaient plus préoccupés par leurs intérêts personnels que par ceux des citoyens qu'ils représentaient.

Après le débat, les élèves eurent l'occasion de poser des questions à un député local. Mehdi leva la main et demanda :
« Monsieur, comment faites-vous pour rester honnête dans un monde où tout semble fait pour vous corrompre ? »

La salle resta silencieuse. Le député, visiblement surpris, esquiva la question avec un sourire gêné. Mais Mehdi comprit à cet instant que l'honnêteté n'était pas toujours une évidence, même pour ceux qui prétendaient représenter le peuple.

Ce jour-là, Mehdi fit un serment silencieux : s'il devait un jour gravir les échelons de la politique ou de toute autre sphère d'influence, il resterait fidèle à la vérité. Peu importe les pressions ou les sacrifices, il porterait cet héritage comme un flambeau.

De retour chez lui, il inscrivit dans un carnet ces mots, empruntés à son grand-père :
« La vérité n'a pas besoin d'être aimée pour exister. Elle est là, patiente, attendant que les hommes aient le courage de la reconnaître. »

Alors qu'il refermait son carnet, une nouvelle détermination brûlait dans ses yeux. Il savait que la vérité pouvait parfois isoler, mais elle offrait aussi une liberté qu'aucun mensonge ne pouvait égaler.

Chapitre 12 : Le souffle du sacrifice

Le temps poursuivait sa course implacable, et Mehdi entrait dans une phase de sa vie où ses convictions se heurtaient à des réalités plus dures, des dilemmes où la vérité qu'il chérissait devenait un fardeau.

Le sacrifice fit irruption dans sa vie par une porte qu'il n'attendait pas. C'était au printemps, lors d'une réunion de famille. Autour de la table, les discussions allaient bon train, mêlant anecdotes légères et débats animés. Pourtant, une tension latente flotta dans l'air lorsque son père évoqua une opportunité professionnelle à l'étranger.

« C'est une chance pour toi, Mehdi, » dit son père d'un ton ferme. « Tu pourrais étudier dans une des meilleures écoles et avoir un avenir prometteur. C'est ce que nous avons toujours voulu pour toi. »

Les mots semblaient encourageants, mais Mehdi entendait l'implicite : un départ, une séparation, l'abandon de tout ce qu'il connaissait et aimait. Ses parents, soucieux de son avenir, avaient pris cette décision sans le consulter. Il resta silencieux, son esprit envahi par un tourbillon d'émotions.

Les jours qui suivirent furent marqués par une lutte intérieure. Mehdi comprenait la logique de ses parents : un avenir brillant semblait se dessiner au loin, mais à quel prix ? Quitter la région parisienne, s'éloigner de ses amis, de ses engagements, de ce qu'il avait construit...

Était-ce vraiment un avenir s'il devait sacrifier son présent ?

Un soir, il se confia à sa mère dans un moment d'intimité rare :
« Maman, pourquoi faut-il toujours que je parte, que je quitte les choses que j'aime pour avancer ? N'y a-t-il pas un autre chemin ? »

Elle posa une main douce sur son épaule, mais son regard était empreint de gravité.
« Mon fils, avancer demande parfois de perdre un peu de soi. Mais ce que tu laisses derrière peut te construire si tu le fais avec le cœur. »

Le départ approchait, et Mehdi se retrouva confronté à des adieux difficiles. Ses amis organisèrent une petite fête pour lui dire au revoir. Sous les lumières tamisées, les rires et les sourires dissimulaient une tristesse partagée. L'un d'eux, Omar, lui offrit un livre : une édition ancienne des Discours sur la servitude volontaire d'Étienne de La Boétie.

« Lis-le pendant tes voyages, » dit Omar. « Peut-être qu'il t'aidera à comprendre ce qu'être libre signifie vraiment. »

Mehdi accepta le livre, ému. Ce geste résonnait profondément en lui. La liberté, pour laquelle il avait toujours lutté, semblait lui échapper dans ce moment précis.

Le jour du départ, il monta dans le train avec une valise pleine de doutes. Alors que le paysage défilait par la fenêtre, il ouvrit le livre offert par Omar. Une phrase attira immédiatement son attention :
« Soyez donc résolus à ne plus servir, et vous voilà libres. »

Ces mots étaient un écho à ses pensées les plus intimes. Mais la question demeurait : en suivant cette route tracée par ses parents, était-il en train de servir un idéal supérieur, ou de se trahir lui-même ?

L'installation dans cette nouvelle ville fut marquée par un mélange d'émerveillement et de solitude. L'école qu'il intégra était prestigieuse, mais Mehdi se sentit étranger parmi ses camarades, dont les préoccupations semblaient bien éloignées des siennes. Alors qu'ils parlaient de carrières prometteuses et de succès matériels, Mehdi pensait à ses valeurs, à ses combats, à ce qu'il avait laissé derrière lui.

Un jour, lors d'un cours de philosophie, le professeur posa une question qui bouleversa Mehdi :
« Le sacrifice est-il une vertu ou une faiblesse ? »

Les élèves se disputèrent autour de la réponse, certains arguant que sacrifier pour autrui était noble, d'autres y voyant une forme d'abandon de soi. Mehdi resta silencieux pendant la discussion, mais la question résonna en lui longtemps après que le cours fut terminé.

Ce fut une rencontre fortuite qui l'aida à trouver une réponse. En explorant la ville, Mehdi tomba sur une petite mosquée nichée dans une ruelle discrète. Il y entra, attiré par le calme qui s'en dégageait. À l'intérieur, un vieil homme l'accueillit avec un sourire chaleureux.

« Tu cherches quelque chose, mon fils ? » demanda l'homme.

Mehdi hésita, mais finit par se confier. Il raconta son départ, ses doutes, et cette question qui le hantait sur le sacrifice.

Le vieil homme l'écouta attentivement avant de répondre :
« Le sacrifice n'est pas l'abandon de soi. C'est un acte d'amour, une offrande. Mais attention, Mehdi : un sacrifice sincère ne te vide pas. Il te remplit. Si ton cœur te dit que ce que tu fais est juste, alors tu ne perds rien. Tu gagnes tout. »

Ces paroles firent écho en Mehdi comme un baume sur une plaie. Pour la première fois, il vit son départ sous un nouvel angle. Ce qu'il avait quitté n'était pas perdu ; c'était un pont vers quelque chose de plus grand. Le sacrifice n'était pas une soumission, mais une manière de bâtir.

Lorsqu'il quitta la mosquée ce jour-là, une sérénité nouvelle l'habitait. Mehdi comprit que son voyage ne faisait que commencer, et qu'il était prêt à en affronter chaque étape, même si cela signifiait laisser derrière lui des fragments de son passé.

Chapitre 13 : L'épreuve de la solitude

Dans son nouvel environnement, Mehdi découvrit que le sacrifice n'était qu'une première étape, une solitude inédite l'enveloppa, non comme une absence, mais comme une présence intense, un face-à-face avec lui-même.

Les premiers jours furent bercés par la nouveauté. La ville où il s'était installé avait un charme indéniable : des rues pavées serpentant entre des bâtisses anciennes, des cafés pleins de vie, et cette lumière du sud qui semblait tout imprégner. Pourtant, au-delà de cette façade chaleureuse, Mehdi ressentait un vide profond.

Ses camarades de classe, bien qu'accueillants, appartenaient à un monde différent. Leurs conversations tournées vers les opportunités, les ambitions et le prestige résonnaient étrangement aux oreilles de Mehdi, qui voyait la vie comme un engagement, une quête de sens plutôt qu'une accumulation de succès visibles.

Un soir, alors qu'il rentrait à son appartement, Mehdi s'arrêta devant un miroir. Ce n'était pas la première fois qu'il se demandait : « Qui suis-je, au fond ? » Mais cette question, désormais, s'imposait à lui avec une intensité presque douloureuse.

Son visage, marqué par l'anxiété des derniers jours, semblait celui d'un étranger. Mehdi réalisa qu'il avait construit son identité sur des liens qu'il avait dû briser en venant ici. Il se sentait dépouillé, comme une toile nue, sans couleur ni contour. Était-ce là une opportunité de redéfinir qui il était, ou une perte irrémédiable ?

Dans sa solitude, Mehdi trouva refuge dans la lecture. Il se replongea dans Discours sur la servitude volontaire, mais aussi dans d'autres ouvrages qu'il dénicha à la bibliothèque municipale. Parmi eux, il découvrit un recueil de poèmes de Victor Hugo.

Un poème, en particulier, lui parla profondément :

« Je suis seul, je sais tout ; je suis un homme à part,
Dans l'ombre, où je suis seul, l'univers m'appartient. »

Ces vers résonnèrent en lui comme une vérité. Il comprit que la solitude, bien qu'accablante, pouvait être un terrain fertile. Elle lui offrait une liberté rare : celle de se découvrir sans le filtre des attentes des autres. Mais cela demandait du courage.

Mehdi commença à développer des habitudes qui lui permirent d'affronter cette solitude. Chaque matin, il se rendait dans un parc proche de chez lui, où il s'asseyait pour observer les passants, les oiseaux, le mouvement du vent dans les arbres. Ces moments de calme l'aidaient à reconnecter avec la simplicité des choses.

Il commença également un journal, où il écrivait chaque soir. Les mots coulaient, parfois hésitants, parfois pressés, mais toujours sincères. Dans ces pages, il explorait ses pensées, ses peurs, mais aussi ses espoirs.

« La solitude est une épreuve, » écrivit-il un soir, « mais elle est aussi un miroir. Elle me renvoie mes propres questions et m'oblige à y répondre. Peut-être est-ce là sa leçon : pour avancer, il faut d'abord apprendre à être seul. »

Mais la solitude n'était pas toujours douce. Il y avait des nuits où elle devenait oppressante, où le silence de son appartement semblait hurler. Lors de ces moments, Mehdi se tournait vers la prière. Bien qu'il ne se soit pas encore totalement engagé dans sa foi, il trouvait dans ces instants une forme de réconfort.

Un soir, à genoux dans l'obscurité de sa chambre, il murmura :
« Mon Dieu, si Tu es là, montre-moi le chemin. Je ne sais plus où aller. »

Il n'attendait pas de réponse immédiate, mais prononcer ces mots lui apporta une paix qu'il n'avait pas ressentie depuis longtemps.

La vie reprenait lentement un rythme. Mehdi se plongeait dans ses études avec sérieux, trouvant dans le travail une distraction bienvenue. Il commença également à tisser des liens, bien que fragiles, avec quelques camarades. L'un d'eux, Julien, partageait un intérêt pour la philosophie et la littérature.

Lors d'une discussion, Julien lui dit :
« Tu sais, Mehdi, la solitude, c'est un peu comme l'hiver. Elle te glace, mais elle prépare aussi le printemps. »

Ces mots frappèrent Mehdi par leur justesse. Il comprit que cette phase n'était pas une fin, mais une transition. La solitude était là pour le préparer à quelque chose de plus grand, quelque chose qu'il ne voyait pas encore, mais qu'il sentait proche.

Ainsi, Mehdi traversa cette épreuve avec une détermination renouvelée. Il apprit à ne pas fuir la solitude, mais à l'apprivoiser, à en faire une alliée. Elle devint pour lui un espace de réflexion, une source de force intérieure.

Et un jour, alors qu'il marchait dans la ville, le soleil levant baignant les rues d'une lumière dorée, il ressentit une certitude nouvelle : il n'était plus seul. Pas parce qu'il avait retrouvé des compagnons, mais parce qu'il avait trouvé en lui une compagnie, une présence qui le soutiendrait quoi qu'il arrive.

Chapitre 14 : Le murmure des convictions

Sorti de l'épreuve de la solitude, Mehdi se sentit transformé. Ses convictions commencèrent à s'affirmer et à structurer son existence, comme un fleuve qui retrouve son lit après une tempête.

Avec le retour d'un équilibre fragile, Mehdi sentit en lui grandir une flamme. Ce n'était pas un feu dévastateur, mais une lumière douce et constante. Elle éclairait des chemins qu'il n'avait jamais envisagés auparavant. Mehdi se mit à écouter davantage cette voix intérieure, ce murmure des convictions qui résonnait en lui depuis des années, mais qu'il avait souvent étouffé dans le tumulte de la vie.

Un jour, en cours, un professeur posa une question simple mais déroutante :
« Pourquoi étudiez-vous ce que vous étudiez ? »

La salle fut traversée par un silence embarrassé. Les réponses classiques fusèrent après quelques secondes : « Pour réussir. » « Pour obtenir un bon travail. »

Mehdi, d'habitude discret, leva la main.
« Pour comprendre le monde », dit-il.

Le professeur, intrigué, lui demanda de développer. Mehdi expliqua :
« Nous sommes ici pour plus que nos carrières. Nous avons une responsabilité envers nous-mêmes, envers les autres, et envers ce que nous appelons vérité. Étudier,

c'est s'engager dans ce cheminement. Ce n'est pas seulement une quête personnelle, c'est un devoir. »

Un silence tomba à nouveau. Le professeur acquiesça lentement, tandis que plusieurs élèves fixaient Mehdi, mi-interloqués, mi-admiratifs. Ce fut un moment clé : Mehdi prit conscience que ses convictions ne se contentaient plus de vibrer en lui, elles s'exprimaient désormais.

Ses journées se remplissaient de nouvelles priorités. Il fréquentait régulièrement la bibliothèque, non pas pour ses études, mais pour explorer des domaines qui le passionnaient : philosophie, théologie, politique, et écologie. À travers ces lectures, il consolidait ses croyances, les testait, les confrontait aux pensées d'auteurs parfois opposés.

Un livre, en particulier, le marquai profondément : Les Misérables de Victor Hugo. À travers Jean Valjean, il comprit que la grandeur humaine ne résidait pas dans la richesse ou le pouvoir, mais dans la capacité à aimer et à se sacrifier pour autrui.

Un soir, Julien, son camarade, l'invita à un débat organisé par une association étudiante. Le thème : « La responsabilité individuelle dans un monde en crise. » Mehdi, d'abord hésitant, accepta.

Le débat fut animé. Des étudiants argumentaient sur les limites des actions individuelles face aux grandes structures systémiques. D'autres défendaient au contraire l'idée que chaque petit geste comptait.

Lorsque Mehdi prit la parole, il dit :
« Nous sommes tous des gouttes d'eau dans un océan. Individuellement, nous sommes petits, presque insignifiants. Mais ensemble, nous sommes une force. La question n'est pas de savoir si nos gestes sont suffisants, mais si nous avons le courage de commencer quelque chose. »

Ces mots, prononcés avec sincérité, touchèrent l'audience. Julien le félicita après l'événement :
« Tu sais, Mehdi, on dirait que tu as trouvé ta voix. »

Mehdi répondit avec un sourire timide :
« Je ne sais pas si c'est ma voix, mais c'est quelque chose en quoi je crois. »

Cependant, les convictions de Mehdi n'étaient pas toujours bien accueillies. Il constata rapidement que son approche idéaliste, presque intransigeante, dérangeait certains. On l'accusa d'être naïf, de rêver un monde qui n'existait pas.

Ces critiques ne le laissèrent pas indifférent. Mehdi douta, parfois profondément. Était-il réellement possible de vivre selon ses convictions dans un monde si complexe et contradictoire ? Ces moments de doute furent lourds, mais il trouva des réponses dans l'introspection et la prière.

Un soir, en méditant sur ses doutes, il se rappela une phrase qu'il avait lue dans un livre de sagesse :

« Ne crains pas d'être en désaccord avec le monde, car c'est dans cet écart que naissent les révolutions. »

Petit à petit, Mehdi apprit à nuancer ses convictions sans les renier. Il comprit qu'être fidèle à soi-même nécessitait aussi d'écouter les autres, d'accepter leurs perspectives sans céder sur l'essentiel. Ses échanges avec Julien et d'autres camarades devinrent plus riches, plus profonds.

Un jour, lors d'une discussion animée, Julien lui dit :
« Tu sais, Mehdi, tu es une sorte de miroir. Quand on te parle, on voit nos propres contradictions, et c'est déstabilisant. Mais c'est aussi précieux. »

Mehdi fut touché par ces mots. Peut-être que sa place dans ce monde n'était pas seulement de changer les choses, mais de pousser les autres à réfléchir, à se poser des questions.

Dans un parc, il observe un enfant qui tente de construire un château de sable. Chaque fois qu'il avance, une brise emporte une partie de sa construction. Mais l'enfant persévère, souriant.

Mehdi sourit à son tour et pense :
« Peut-être que les convictions sont comme ce château. Elles ne sont jamais parfaites, toujours fragiles. Mais c'est leur construction, leur entretien, qui nous donne un sens. »

Chapitre 15 : Le poids des héritages

Lors d'une visite chez ses parents, Mehdi entra dans le salon où les murs étaient ornés de vieilles photographies. Il s'arrêta devant un portrait de son père, jeune homme, en tenue traditionnelle berbère. Derrière ce visage, Mehdi apercevait une fierté lointaine, un éclat que le temps semblait avoir terni.

« Papa, pourquoi tu ne parles plus berbère ? » demanda-t-il soudainement.

Son père, surpris, baissa les yeux.
« C'est compliqué. La langue, c'était une manière de résister autrefois. Ici, elle est devenue un poids. On voulait que tu réussisses à l'école, alors on a mis ça de côté. »

Mehdi sentit une vague de tristesse. Toute une culture, tout un héritage, avaient été effacés au nom de l'adaptation.

Ces réflexions le poussèrent à revisiter son enfance sous un nouveau prisme. Il se souvenait des soirées passées à écouter les histoires de sa grand-mère, les contes transmis dans une langue qu'il comprenait alors mais qu'il avait rejetée, fasciné par les promesses du monde scolaire.

Un jour, en fouillant dans un carton oublié chez ses parents, il trouva un vieux carnet appartenant à son père. Les pages étaient remplies de notes, des réflexions sur la vie, des croquis, des rêves écrits dans une langue hybride, mélange de français et de berbère.

Mehdi passa des heures à déchiffrer ces mots. Il y découvrit un homme qu'il n'avait jamais réellement connu : un idéaliste, un rêveur, qui avait pourtant choisi de sacrifier une partie de lui-même pour ses enfants.

À l'université, Mehdi commença à s'intéresser à l'histoire coloniale, aux migrations, à ces récits d'identité effacée ou transformée. Lors d'un séminaire, un professeur évoqua le concept de « mémoire fracturée ». Mehdi leva la main :

« Si nos mémoires sont fracturées, comment les recoller ? »

Le professeur répondit :
« On ne recolle pas les morceaux. On apprend à vivre avec les fractures. Elles font partie de notre histoire, mais elles ne définissent pas tout. »

Ces mots résonnèrent en lui. Les fractures qu'il portait – entre deux langues, entre deux cultures, entre ses aspirations et ses réalités – n'étaient pas des failles à combler. Elles étaient une richesse, une preuve de complexité humaine.

Dans ses moments de solitude, Mehdi se remit à écrire. Comme son père, il tenait un carnet. Mais ses mots, à lui, étaient empreints d'un désir de transmission. Il écrivait non pas pour lui-même, mais pour les générations à venir.

Une de ses premières phrases fut :
« Hériter, c'est recevoir des fragments. Donner, c'est tenter de les assembler. »

Cependant, ce cheminement ne fut pas sans douleur. En discutant avec Julien, Mehdi confia :
« Parfois, j'ai l'impression d'être coincé entre deux mondes. Celui de mes origines et celui où je vis. Aucun des deux ne me semble totalement à moi. »

Julien répondit, pensif :
« Peut-être que ta place n'est pas dans un monde ou dans un autre, mais entre les deux. C'est là que tu peux construire quelque chose d'unique. »

Ces mots frappèrent Mehdi. Être entre deux mondes, ce n'était pas une faiblesse. C'était une position stratégique, un pont entre des univers qui, autrement, ne se comprendraient jamais.

Chapitre 16 : Le mirage des certitudes

Après sa réconciliation avec son héritage familial, Mehdi sentit un élan nouveau, une clarté intérieure. Pourtant, cette sérénité fut rapidement troublée. Lors d'une discussion avec des collègues, le sujet de l'hypocrisie politique émergea.

« Tout est question de stratégie, » déclara l'un d'eux. « Si tu veux arriver au sommet, il faut savoir manipuler. La vérité ? Elle est malléable. »

Mehdi, outré, rétorqua :
« La vérité n'est pas une marchandise qu'on trafique ! »

Un silence lourd suivit. Un autre collègue, plus âgé, posa doucement une main sur son épaule.
« Mehdi, parfois, la vérité est un luxe qu'on ne peut pas se permettre dans un monde qui exige des compromis. »

Ces paroles tourmentèrent Mehdi. Il se replongea dans ses souvenirs, notamment celui de sa découverte de la garde républicaine, ce moment fondateur où il s'était promis de devenir président pour incarner la justice et l'intégrité. Était-ce un rêve naïf ?

Une nuit, il se perdit dans ses pensées, relisant des discours de grands leaders. Il fut frappé par une constante : même les figures qu'il admirait avaient dû mentir ou cacher des vérités pour mener à bien leurs causes.

« La fin justifie-t-elle les moyens ? » murmura-t-il, seul dans sa chambre.

Pour clarifier ses doutes, il se rendit à un débat public organisé par une association philosophique. Le thème de la soirée était Les vertus du compromis. L'intervenant principal, un ancien diplomate, évoqua ses expériences : « Dans ma carrière, j'ai souvent dû trahir mes idéaux pour éviter des catastrophes. Cela m'a hanté, mais j'ai appris qu'une vérité absolue est un mirage. Nous avançons dans un monde de demi-vérités, et cela ne fait pas de nous des êtres mauvais. Cela fait de nous des humains. »

Mehdi se leva pour poser une question :
« Peut-on vraiment changer le monde si l'on accepte de s'éloigner de la vérité ? »

Le diplomate répondit avec un sourire triste :
« On ne change jamais le monde tout seul. Et ceux qui le changent entièrement finissent souvent par le briser. »

Ces mots marquèrent Mehdi. Il comprit que son désir de vérité parfaite, bien qu'admirable, l'avait parfois éloigné des réalités humaines. Il se mit à observer ses proches différemment : Alexandra, si douce et tolérante, Julien, pragmatique mais sincère, et ses collègues, chacun porteur de ses propres contradictions.

Un jour, lors d'une promenade avec Alexandra, il lui confia ses doutes.

« Peut-être que je me suis trompé sur ce que signifie être intègre. Peut-être que vouloir être parfait m'a empêché de comprendre les autres. »

Elle lui prit la main.
« Être intègre, Mehdi, ce n'est pas être parfait. C'est rester fidèle à son cœur, même quand le chemin est sinueux. »

Cette remise en question changea son approche. Il comprit qu'accepter l'imperfection du monde ne signifiait pas renoncer à ses principes, mais apprendre à les adapter aux circonstances. Il se mit à écouter davantage, à juger moins.

Dans un moment d'introspection, il écrivit :
« La vérité n'est pas un absolu figé. Elle est un horizon vers lequel nous marchons, en trébuchant parfois, mais toujours avec espoir. »

Mehdi, contemplant le coucher de soleil depuis une colline, les couleurs du ciel, si éclatantes mais changeantes, lui rappellent que la beauté réside dans la nuance.

Chapitre 17 : Le souffle du renouveau

Mehdi se leva ce matin-là avec une clarté d'esprit inhabituelle. La discussion avec Alexandra et ses réflexions sur l'imperfection humaine avaient agi comme un déclic. Au lieu de se débattre avec ses idéaux, il décida de mettre ses aspirations en pratique, mais différemment.

Lors d'une réunion de quartier, il entendit parler d'un projet local visant à rénover un parc pour les enfants. Les organisateurs cherchaient des bénévoles. Mehdi, toujours sensible aux causes écologiques et sociales, se porta volontaire.

Les semaines suivantes, il se plongea dans ce projet. Avec d'autres habitants, il nettoya le terrain, planta des arbres et construisit des bancs. Il y rencontra des gens de tous horizons : une mère célibataire pleine de détermination, un retraité passionné par l'horticulture, et même un adolescent souvent marginalisé, mais qui montra un talent inné pour le bricolage.

Au contact de ces personnes, Mehdi redécouvrit une vérité simple mais puissante : changer le monde commence par tisser des liens, un à un.

Un jour, après une longue journée de travail au parc, il s'adressa au groupe :
« Vous savez, je voulais autrefois devenir président pour changer les choses à grande échelle. Aujourd'hui, je comprends que ce sont ces petites actions, ces moments

de solidarité, qui font la vraie différence. Merci de m'avoir montré cela. »

Parallèlement, Mehdi commença à parler de ses idées dans des cercles plus larges. Il organisa une série de conférences locales sur les thèmes qui lui tenaient à cœur : l'écologie, la justice sociale, et l'intégrité. À chaque rencontre, il mêlait ses expériences personnelles à des idées concrètes, touchant ainsi un public varié.

Lors d'une de ces conférences, il déclara :
« Nous n'avons pas besoin d'être parfaits pour être utiles. Chaque petit geste compte, chaque sourire partagé, chaque arbre planté. C'est ainsi que nous bâtissons un monde meilleur. »

Un événement marquant survint lorsqu'un journaliste local, ayant assisté à l'une de ses conférences, demanda à Mehdi de partager son parcours dans un article. L'article, publié sous le titre "Un idéaliste au service du quotidien", mit en lumière son cheminement, ses luttes et ses nouvelles aspirations.

Ce coup de projecteur attira l'attention d'un réseau associatif national, qui l'invita à rejoindre leur conseil pour développer des projets liés au don de soi et à la citoyenneté. Bien que flatté, Mehdi hésita.

« Tu devrais y aller, » lui dit Alexandra. « Ce serait une manière d'étendre ton impact, sans renoncer à ce que tu fais ici. »

Après mûre réflexion, il accepta.

Mehdi, de retour au parc rénové, observe des enfants jouer autour des arbres qu'il a plantés. À ses côtés, Alexandra sourit.

« Regarde comme ils sont heureux, » dit-elle.
« Oui, » répondit Mehdi. « C'est un début. »

Chapitre 18 : La résonance d'un don

Lors de sa première réunion au sein du réseau, Mehdi fut impressionné par la diversité des projets et des personnes présentes. Médecins, enseignants, ouvriers, étudiants, retraités : chacun apportait son expérience et ses idées. On discutait de sujets allant du don d'organes au bénévolat en passant par des campagnes de sensibilisation contre les discriminations.

Un des responsables du réseau, un homme d'une soixantaine d'années nommé Paul, lui parla avec enthousiasme.
« Mehdi, nous avons lu votre histoire dans l'article. Elle est inspirante. Je pense que vous pourriez vraiment apporter quelque chose ici. Nous travaillons sur un projet national qui vise à faire connaître les valeurs du don auprès des jeunes. Cela vous intéresserait-il ? »

Mehdi accepta sans hésiter.

Dans les semaines qui suivirent, il participa à l'élaboration de ce programme. L'idée était simple : organiser des ateliers dans les écoles pour parler du don, non seulement en tant qu'acte matériel (donner son sang, ses organes ou son temps), mais aussi comme une philosophie de vie. Mehdi proposa un titre pour le projet : "Le don, une seconde vie".

Il se mit à parcourir la France pour animer ces ateliers, souvent accompagné de bénévoles locaux. Les échanges avec les enfants et adolescents le bouleversaient.

Un jour, dans un collège, une jeune fille leva timidement la main :
« Monsieur, vous pensez que quelqu'un comme moi, qui n'a pas grand-chose, peut vraiment donner ? »

Mehdi répondit avec douceur :
« Donner, ce n'est pas toujours matériel. Un sourire, un mot gentil, du temps pour écouter quelqu'un, tout cela, c'est aussi donner. Croyez-moi, vous avez beaucoup à offrir. »

Cette expérience le transforma. Chaque rencontre nourrissait en lui une conviction profonde : le don n'était pas seulement un geste, mais une force qui connecte les êtres humains et les transcende.

Lors d'un grand rassemblement organisé par le réseau, Mehdi fut invité à prendre la parole devant des centaines de personnes. Il partagea son parcours, depuis ses premiers dons de sang jusqu'à ce qu'il appelait désormais "le don invisible".

« Le don n'est pas un sacrifice, » déclara-t-il avec passion. « C'est un acte de liberté. Lorsque nous donnons, nous affirmons que nous avons le pouvoir de changer quelque chose, aussi petit soit-il. Et ce pouvoir, il est en chacun de nous. »

L'assemblée éclata en applaudissements.

Cependant, malgré ce succès, Mehdi sentit une fatigue croissante. Ses engagements l'épuisaient, et il commençait à se demander s'il n'en faisait pas trop. Une conversation avec Alexandra, comme toujours, le ramena à l'essentiel.

« Tu sais, » lui dit-elle, « le don, c'est aussi savoir se préserver pour mieux continuer à donner. Tu ne peux pas tout porter sur tes épaules. »

Ces mots résonnèrent en lui. Il décida de ralentir son rythme, sans pour autant renoncer à ses projets.

Mehdi reçoit une lettre d'un jeune garçon qu'il avait rencontré lors d'un atelier.

« Monsieur Mehdi, je voulais vous dire merci. Grâce à vous, j'ai décidé de m'investir dans une association de mon quartier. Vous aviez raison : donner, ça rend heureux. »

Mehdi sourit en lisant ces mots, sentant une chaleur envahir son cœur.

« Voilà, » pensa-t-il, « c'est ça, le vrai impact. »

Chapitre 19 : La rencontre avec soi-même

Dans ce chapitre, Mehdi, porté par le succès de ses engagements, entre dans une période d'introspection plus profonde. Il réalise que pour continuer à avancer, il doit non seulement donner aux autres, mais aussi se réconcilier avec ses propres contradictions et aspirations.

Un soir, après une longue journée passée à animer des ateliers, Mehdi se retrouva seul dans son appartement. Le silence, qui autrefois l'avait oppressé, semblait maintenant le saluer comme un vieil ami. Il s'installa à son bureau, ouvrit son carnet, mais les mots lui échappaient.

Depuis des mois, il vivait dans une effervescence constante : réunions, conférences, voyages. Chaque sourire rencontré, chaque main serrée lui apportait une satisfaction immense, mais une question persistante le hantait : était-il encore fidèle à lui-même ?

La réponse lui vint lors d'une promenade matinale dans un parc qu'il aimait particulièrement. Là, sous un chêne centenaire, il s'arrêta, contemplant les branches robustes qui semblaient soutenir le ciel. Il se rappela les paroles de Julien :
« La solitude, c'est comme l'hiver. Elle prépare le printemps. »

Et si ces derniers mois avaient été un printemps frénétique, mais qu'un nouvel hiver était nécessaire pour réfléchir, pour ralentir et pour retrouver ses racines ?

Cette réflexion l'amena à revisiter son passé. Mehdi se rendit chez ses parents un week-end, décidant de poser des questions qu'il avait longtemps évitées. Lors d'un déjeuner, il demanda à son père :
« Papa, qu'est-ce que tu aurais fait différemment si tu avais eu ma chance ? »

Son père resta pensif avant de répondre :
« J'aurais parlé davantage. J'ai gardé trop de choses en moi, par peur de ne pas être compris. Mais toi, Mehdi, tu as une voix. Ne la laisse jamais se taire. »

Ces mots touchèrent Mehdi profondément. Il comprit que sa capacité à parler, à partager, n'était pas seulement un talent : c'était une responsabilité.

De retour dans son appartement, il relut ses anciens carnets. Chaque page semblait lui raconter une version différente de lui-même : l'idéaliste passionné, le solitaire introspectif, le bâtisseur de projets. Il prit conscience que ces facettes, bien que parfois contradictoires, formaient un tout.

Il écrivit dans son journal :
« Se rencontrer soi-même, ce n'est pas choisir entre ce que l'on a été et ce que l'on veut devenir. C'est accepter d'être tout cela à la fois. »

Cette introspection marqua un tournant dans sa manière de percevoir le don. Ce n'était plus uniquement un acte tourné vers les autres. C'était aussi un acte envers lui-même, une manière de s'honorer, de respecter ses besoins et ses limites.

Un jour, lors d'une discussion avec Alexandra, il lui confia :
« Je crois que je donnais pour prouver quelque chose. À moi-même, au monde. Mais maintenant, je veux donner pour construire, pour être en paix. »

Elle lui répondit avec un sourire :
« C'est exactement ça, Mehdi. Le don ne doit pas être un poids. Il doit être une joie. »

Mehdi, assis à son bureau, reprend ses écrits avec un esprit renouvelé. Cette fois, les mots viennent facilement, comme un ruisseau qui retrouve son lit.

« Peut-être, » écrit-il, « que le plus grand don que l'on puisse faire au monde, c'est d'être pleinement soi-même. »

Chapitre 20 : La lumière au bout du chemin

Quelques années ont passé depuis l'époque où Mehdi, encore novice, s'engageait dans des projets sans fin, cherchant à se prouver qu'il était capable de transformer le monde. Aujourd'hui, il est plus serein, plus ancré.

Il travaille toujours comme téléopérateur à l'Établissement Français du Sang, mais son rôle a évolué. Reconnu pour son empathie et son expertise, il anime désormais des formations pour de nouveaux employés. Mehdi y partage son expérience, insistant sur l'importance d'humaniser chaque appel, chaque interaction.

Un jour, une lettre inattendue arrive. Elle provient d'un jeune homme, lointain bénéficiaire d'une des premières campagnes de sensibilisation de Mehdi. Dans la lettre, il raconte comment une conversation anodine, des années plus tôt, avait changé sa perspective et l'avait incité à devenir donneur de moelle osseuse. Ce geste avait permis de sauver une vie.

Mehdi, profondément ému, relit plusieurs fois la lettre. Ce simple témoignage lui rappelle que même les actes les plus modestes peuvent avoir des répercussions immenses. Il ressent alors une gratitude immense envers les autres, envers lui-même, et envers la vie.

Un matin, alors qu'il se prépare pour une formation, Mehdi croise une ancienne connaissance : Julien. Ce dernier, après avoir traversé de nombreuses épreuves, semble lui aussi transformé. Ils s'arrêtent pour discuter, échangeant sur leurs parcours respectifs.

Julien remarque :
« Tu as toujours eu ce feu en toi, Mehdi. Mais maintenant, il éclaire sans brûler. »

Ces mots, simples mais justes, marquent Mehdi. Il réalise que ce qu'il cherchait depuis si longtemps – une validation extérieure, un accomplissement éclatant – était finalement à l'intérieur de lui, dans sa capacité à continuer, à construire, à aimer.

Dans les mois qui suivent, Mehdi décide d'écrire un livre. Pas un livre sur lui-même, mais sur ce qu'il a appris en écoutant les autres. Il y consigne des histoires, des réflexions, des fragments de vie qui témoignent de l'humanité sous toutes ses formes.

Le livre, intitulé Le Donneur Imaginaire, devient une célébration de l'altruisme, de la résilience et de la puissance des liens humains. À travers ses pages, Mehdi ne cherche pas à prêcher, mais à inspirer.

Lors de la soirée de lancement du livre, entouré de proches et de collègues, il prend la parole :
« Ce livre, ce n'est pas mon histoire. C'est la vôtre, c'est celle de tous ceux qui choisissent chaque jour de croire, d'agir, de donner, même face à l'incertitude. »

Après la soirée, il rentre chez lui. Sous un ciel étoilé, il s'arrête un moment pour contempler la beauté silencieuse de la nuit.

Dans son cœur, il n'y a plus de doutes, ni de regrets. Seulement une paix profonde, née de l'acceptation de son parcours, de ses choix, et de ses imperfections.

Il murmure doucement :
« La lumière n'a jamais été au bout du chemin. Elle a toujours été là, en moi. »

Ainsi, « L'amour est le diadème des œuvres et la monture des esprits. »

La Symphonie du Sang

Mes frères, mes sœurs,

Il est des trésors plus précieux que l'or, plus lumineux que le diamant, plus vivifiants que l'air pur des montagnes : c'est le sang, cette rivière de vie qui coule en chacun de nous, égale et fraternelle, sans distinction de rang ou de fortune.

Que savons-nous de ce fleuve rouge qui bat dans nos veines ? Il est le témoin silencieux de nos joies, de nos peines, de nos luttes et de nos triomphes. Et pourtant, il est plus que cela : il est le pont invisible entre les êtres humains. Là où les murs se dressent, le sang construit des passerelles. Là où la haine murmure, il proclame l'amour.

À l'Établissement Français du Sang, l'humanité s'élève. Les portes s'ouvrent, et dans l'anonymat des gestes simples, une grandeur se révèle. C'est là que les cœurs généreux viennent offrir une part d'eux-mêmes, non pour être glorifiés, mais pour que d'autres continuent de vivre. Ah, quel panache dans cet acte silencieux, quelle noblesse dans cette offrande dénuée de tout calcul !

Donner son sang, c'est se tenir dans la lumière de la solidarité, c'est dire à un inconnu : « Je te vois. Je ne connais pas ton visage, mais ta vie m'importe. Tu es mon frère, ma sœur, car ton souffle dépend du mien. » Et cette vérité sublime transcende toutes les frontières : sociales, culturelles, religieuses.

Le sang n'a pas de drapeau. Il ne connaît ni langue ni frontière. Il est universel comme le soleil, nécessaire comme l'eau. Il est ce qui nous unit dans notre fragilité et dans notre force, rappelant que nous sommes tous, un jour ou l'autre, des receveurs en puissance.

Mais, hélas, combien parmi nous oublient que ce fleuve n'est pas inépuisable ? Combien, par négligence ou indifférence, laissent les réserves s'amenuiser ? Et pourtant, qu'est-ce qu'une heure de notre vie face à une vie sauvée ? Qu'est-ce qu'un bras tendu face à une existence prolongée ?

Aux sceptiques, je dis : ne voyez pas en ce geste une perte. Voyez-y un gain, celui de la fraternité, celui de la justice rendue à la vie elle-même. Aux timides, je dis : ne craignez pas l'aiguille. Elle n'est qu'un humble outil, une plume écrivant un poème d'espoir sur la peau de l'humanité.

Et à tous ceux qui doutent, je dis : entrez dans une maison du don. Regardez ces hommes et ces femmes qui viennent, non pour eux-mêmes, mais pour autrui. Écoutez le silence éloquent de leur altruisme, et vous comprendrez que c'est ici que l'héroïsme prend racine.

Le don de sang, mes amis, est une révolution douce. Il n'a pas besoin de tambours ni de clairons. Il avance discrètement, portant dans son sillage des milliers de vies sauvées. Il transforme l'ordinaire en extraordinaire, le banal en sublime.

Victor Hugo disait : "Les plus petits gestes dans l'obscurité ont parfois plus de grandeur que les grands faits au soleil." Et n'est-ce pas là le cœur même du don ? Un acte anonyme, mais infiniment grand, qui résonne dans l'éternité des vies prolongées.

Alors, levons-nous, frères et sœurs, non pour applaudir, mais pour agir. Tendons le bras comme on tend la main, donnons ce que nous pouvons donner. La vie appelle, et elle attend votre réponse.

Car en donnant votre sang, vous ne donnez pas seulement de vous-même. Vous donnez un message : celui que l'humanité, dans sa diversité, peut s'unir autour de l'essentiel. Vous donnez un miracle quotidien, une preuve tangible que, malgré tout, la bonté existe encore.

Et lorsque vous sortirez, le pansement sur le bras et le cœur léger, vous saurez que vous avez écrit une page de cette grande symphonie de la vie. Car le don de sang est une œuvre collective, un poème silencieux où chaque goutte est une note, chaque donateur un musicien, et chaque vie sauvée une éclatante victoire.

Vive le don, vive la fraternité, vive l'humanité !